thiago hoshino

é paulistano radicado em Curitiba, onde leciona Filosofia do Direito na Universidade Federal do Paraná. Filho do Abassá de Xangô e Caboclo Sultão, cultiva poesia e teoria com sotaque de terreiro, seguindo o versejo dos catiços. Entre orikis e origamis, publicou *Nverso* pela Urutau (2020) e é um dos coordenadores da coleção Direitos dos Povos de Terreiro.

DESCOLÔNIAS

thiago hoshino

[ilustrações]
nelson sebastião

editora Urutau
primeira edição
2022

O —

editora Urutau

rua do cajú, 478,
jardim das cerejeiras
06724-015
cotia-sp (brasil)

rua manuel pacheco nobre, 128 - 5º esquerdo
2830-080
barreiro (setúbal)
portugal

[+351] 928053619 [portugal]
[+55] 11 9 4859 2 426 [brasil]

www.editoraurutau.com.br
contato@editoraurutau.com.br

[EDITORA]
debora ribeiro rendelli
[REVISÃO]
juliana palermo
[PROJETO GRÁFICO]
wladimir vaz
[COORDENAÇÃO GRÁFICA]
tiago fabris rendelli
[DIAGRAMAÇÃO]
victor h. azevedo
[CAPA]
victor h. azevedo, sobre ilustração de nelson sebastião

dados internacionais de catalogação na publicação (CIP) de acordo com ISBD

hoshino, thiago
H825d descolônias / thiago hoshino ; ilustrado por nelson sebastião. — cotia : urutau, 2022. 56 p. ; 14cm x 19,5cm.

ISBN: 978-65-5900-356-3

1. literatura brasileira. 2. poesia. 3. arte. 4. ilustração. I. sebastião, nelson. I. título.

2022-3064 CDD 869.1
CDU 821.134.3(81)-1

elaborado por vagner rodolfo da silva - CRB-8/9410

sumário

[prefácio]
como descolonizar a matéria?[1]
uma escrita com *Descolônias*, Thiago Hoshino e Nelson Sebastião

> *Gostaríamos de iniciar pondo um intervalo no domínio da visibilidade. Gostaríamos de iniciar traçando uma cartografia que não depende da ideia de localização. Gostaríamos de iniciar propondo uma prática composicional indisciplinar e fugitiva. Gostaríamos de iniciar pensando a destruição do mundo como conhecemos como uma forma de cuidado. Gostaríamos de iniciar pela descolonização da matéria colonizada. Gostaríamos de iniciar com uma espada a cortar o mundo-ferida. Gostaríamos de iniciar com uma convulsão na gramática. Gostaríamos de iniciar com um acidente na percepção.*[2]

No breu. Onde a escuridão não permite que os olhares treinados à distinção mantenham a ininterrupta produção de separação[3] da somatocentralidade ocidental[4]. Onde os marcadores de

---

[1] Em referência a Jota Mombaça e Musa Michelle Mattiuzzi, em *Carta À Leitora Preta Do Fim Dos* Tempos (In: FERREIRA DA SILVA, Denise. A dívida impagável. Casa do Povo: São Paulo, 2019).

[2] Em referência a Jota Mombaça e Musa Michelle Mattiuzzi, em *Carta À Leitora Preta Do Fim Dos* Tempos (In: FERREIRA DA SILVA, Denise. A dívida impagável. Casa do Povo: São Paulo, 2019).

[3] Em referência a FERREIRA DA SILVA, Denise. *Sobre diferença sem separabilidade*. Publicação comissionada pela 32ª Bienal de São Paulo, 2016.

[4] Em referência a OYĚWÙMÍ, Oyèrónkẹ. *A invenção das mulheres: construindo um sentido africano para os discursos ocidentais de gênero*. Rio de Janeiro: Bazar do Tempo, 2021.

uma estética moderna/colonial[5] que se constituiu tomando o sentimento atrelado à visualidade como categoria principal da percepção do mundo, e o prazer como categoria central da experiência estética, estão suspensos. Uma noite profunda que não assusta os corpos destinados a fugir e, ao contrário disso, protege-os das métricas criadas em extermínio, ainda que transitoriamente. Trata-se, talvez, de uma outra visão[6] — capaz de obstruir a modernidade enquanto "um longo projeto duracional que produz e reproduz, metafísica e historicamente, um enquadramento psicofilosófico"[7]. Um modo de desmantelar o sistema-mundo e seus pontos fixos, dicotômicos e binários. *Por toda parte o escombro, tropicais geografias*. O conhecimento da luz é interrompido e, assim, também a violência fabricada em distribuições desiguais de humanidade[8]. Um lugar para existências sem lugar no

---

[5] Ao abordar "estética moderna/colonial", refiro-me, especialmente, à estética kantiana, entendida aqui enquanto marco inaugural e paradigma de uma estética moderna/colonial.

[6] Em referência a SORENSEN, Roy. *Seeing Dark Things: the Philosophy of Shadows*. Nova York: Oxford University Press, 2008.

7 LEPECKI, André. *Exaurir a dança: performance e a política do movimento*. São Paulo: Annablume, 2017, p. 43.

[8] Refiro-me a uma negação ontológica de vidas não europeias, julgadas incompetentes para gozar do belo, expulsadas da história, subalternizadas, racializadas e escravizadas, consideradas como parte da natureza antes mesmo que da humanidade, em referência a GÓMEZ, Pedro Pablo. *Arte y estética em la encrucijada descolonial II*. Buenos Aires: Ediciones del Signo, 2017.

pensamento moderno/colonial, que aborda a humanidade não em termos de pertencimento mútuo, mas na relação do mesmo com o mesmo. Sem o imperativo das fronteiras, sem distâncias mensuráveis, sem clara localização. Salto: tempo, limite, nome, desenho. Sem reprodução, sem representação. Vulto-transformação. Está contida a saturação da racialidade[9]. Cessa o aniquilamento transformado em essencialização. Cessa a exotização[10], o enquadramento ótico, cuja disposição se deu em ficções de animalização, inferiorização e primitivização. A cognição das "cenas inaugurais", das "ficções de origem" dos "descobrimentos"[11], reiterada indiscriminadamente, é interrompida. *Isso foi antes/das marinhas, das fragatas/e dos piratas,/das esquadras, dos esquadros/e do sextante,/da cartografia e do mapa.* Não serve o norte/sul. Não há rotas evidentes.

No breu. Onde se fazem os complôs[12], as danças, os sonhos, os feitiços, as letras — gestos que exigem clandestinidade, esconderijos que enganam a máquina de morte, que parece nunca descansar, e que enfrentam a topografia moderna, que

[9] Em referência a TAYLOR, Diana. *O arquivo e o repertório: performance e memória cultural nas Américas*. Belo Horizonte: Editora UFMG, 2013.

[10] Em referência a MARTINS, Leda. *Performances da oralitura: corpo, lugar da memória*. Revista Letras (UFMG), n. 26, 2003.

[11] Em referência a DORLIN, Elsa. Autodefesa — uma filosofia da violência. São Paulo: Crocodilo/UBU Editora, 2020.

[12] Em referência a BONA, Dénètem Touam. *Cosmopoéticas do refúgio*. Florianópolis, SC: Cultura e Barbárie, 2020.

se fez "abstraindo o fato de que seu assentamento deu-se numa terra previamente ocupada por outros corpos humanos e outras formas de vida"[13]. Onde há um além do visível, um além da realidade colonial. Onde a dominação — dependente do olhar unidirecional, extrativista[14] — não encontra modos de se impor. Onde a esquematização racial das percepções, que define tanto a produção do percebido como o que ele significa, é descontinuada. Onde aquilo que não se vê já não se relaciona com a episteme racista, que até então ditava o visível. Onde o real escapa[15], e é preciso um sem-fim de variações para contornar qualquer tentativa de captura. Outra língua por sobre as línguas. Até mesmo as definições de luz e escuro são questionadas[16] por traços que, eles próprios, são exercícios de sombra — porque se fazem no risco do desfazimento, porque surgem em vias de desaparição. *Filho da errância,/ofereço minha palavra.* Paralisados: o desejo devastador da compreensão, a obsessão pela categoria, pela identidade, a nomeação arbitrária, a tradução predatória: aqui, *faunos e fúrias.*

[13] LEPECKI, André. *Exaurir a dança: performance e a política do movimento.* São Paulo: Annablume, 2017, p. 43.

[14] Em referência a SANTOS, Boaventura de Sousa. *O fim do império cognitivo: a afirmação das epistemologias do Sul.* Belo Horizonte: Autêntica Editora, 2019.

[15] Em referência a BONA, Dénètem Touam. *Cosmopoéticas do refúgio.* Florianópolis, SC: Cultura e Barbárie, 2020.

[16] Em referência a ANZALDÚA, Gloria. *A vulva é uma ferida aberta & outros ensaios.* Rio de Janeiro: A Bolha Editora, 2021.

No breu. Onde o potencial incapturável é prática de irreconciliação com a branca-luz. Onde o escuro devolve ao olhar universal o susto: ele mesmo sempre se absteve de seu lugar de observação. Onde o "prazer em ver", dada sua impossibilidade, é evidenciado enquanto o que é: implementação ambígua de visibilidade e invisibilidade. Onde a cognição, mediante a ausência das formas reconhecíveis, faz revelar a falência das narrativas civilizatórias existentes nas posições inscritas em um campo de visibilidade que mantém e atualiza a colonialidade em seu desenvolvimento capitalista. Despensar o mundo[17] em uma geografia inidentificável, livre das restrições limitadas que o iluminado impõe — despensar o mundo no exercício de "reconstruir o estatuto étic-ontologico de feridas geo-históriacas"[18]. *Descolônias*: outro nome para potencialidade, outro nome para liberdade[19]. Abandonar o possível que, à luz, "precede nossas percepções, nossas ações, os nossos pensamentos, as nossas afirmações"[20], para, assim,

---

[17] Em referência a FERREIRA DA SILVA, Denise; OTOCH, Janaina Nagata. *Em estado bruto.* ARS (São Paulo), [S. l.], v. 17, n. 36, p. 45 - 56, 2019.

[18] Em referência a CAMPOS LEAL, Abigail. *Aqueerlombamentos: as novas políticas do comunitarismo y da deserção lgbtqia preta.* São Paulo: n-1 edições, 2020.

[19] Em referência a LEPECKI, André. *Singularities: Dance in the Age of Performance.* Nova York: Routledge, 2016.

[20] Em referência a LEPECKI, André. *Singularities: Dance in the Age of Performance.* Nova York: Routledge, 2016.

se irmanar ao impossível — "matriz de pensamento e ação", "espécie de desejo em último grau"[21]. Imaginar, desde aí, no interior da "mudança radical no modo como abordamos matéria e forma"[22], o que se pode anunciar — acionando em tensão performativa a própria fuga, "uma forma de vida" de "potência corrosiva" que, "longe do frente-a-frente da revolta heroica, opera na sombra uma retirada, uma dissolução contínua de si"[23], *nas verdades de suas carnes.*

No breu. Propor escritas-grafias-traços em fuga — variações de riscos e riscas e letras e linhas e traçados e variações e rasgos e contornos e virações em travessia — que, depois de atravessados, sejam, ainda e novamente, a mesma-outra travessia, a mesma-outra grafia. Uma arte que *não se aprende/e nem se ensina,* que *é uma rede que se estende/e nos arrasta.* Aqui.

Francisco Mallmann

[21] Em referência a FABIÃO, Eleonora. *O impossível como matéria de pensamento e ação.* Revista 4parede, 2020. Disponível em: https://bit.ly/2WaGuYR.

[22] Em referência a FERREIRA DA SILVA, Denise. *Sobre diferença sem separabilidade.* Publicação comissionada pela 32ª Bienal de São Paulo, 2016.

[23] Em referência a BONA, Dénètem Touam. *Cosmopoéticas do refúgio.* Florianópolis, SC: Cultura e Barbárie, 2020.

Inventariar

1. Fazer o inventário de; arrolar.
2. Descrever minuciosamente; detalhar, esmiuçar, pormenorizar.

Inventar

(...)
3. Alegar (algo) como pretexto; pretextar.
4. Imaginar (coisas, pessoas e fatos) sem existência real; criar, fabular, fantasiar.
5. Alegar e difundir como verdadeiras coisas que não o são; criar, forjar, maquinar.

MICHAELIS - Dicionário Brasileiro
da Língua Portuguesa, 2022)

I — Inventário dos primórdios

Naquele tempo
quando o fogo era menino
puerperegrino
e as canções eram rimadas,
os saltimbancos
e as matilhas de felinos
se entretinham
entre casas e caçadas.
Tod'os caboclos,
viajantes e ciganos
se reuniam
em primórdios paradeiros.
Amarinheiros,
conhecidos por marujos,
refestelavam
na mansarda dos recifes,
ditos e cujos
bordejando seus esquifes
destripulados

na balbúrdia das jusantes.
Isso foi antes
das marinhas, das fragatas
e dos piratas,
das esquadras, dos esquadros
e do sextante,
da cartografia e do mapa.
Quando a garapa,
combustível do rompante,
ignorante
do traçado do caminho
do pão, do vinho,
do cominho e da verbena,
se batizava
na entrecasca da jurema.
Especiarias
eram emburana e lírio,
nosso colírio,
nossas espécies idôneas,
e não papoula
padroeira das insônias,
e nem canela
sentinela das colônias.
Naquele tempo

nem sequer havia galos
para as manhãs,
nem para coser venturas
as tecelãs.
A vã vastidão jazia
à revelia
de etiquetas e imposturas.
Não se sabia
nem das cartas dos vassalos
nem das Antilhas
os tratados e os idílios,
nem Tordesilhas,
nem de Adão e nem de Pero
os pecadilhos:
todo o tempo era tempero.
Bastava esmero
para ver florir o lótus
e as quaresmeiras
e o jequitibá-cravinho.
Quando os devotos
das sequoias nas clareiras
de longe vinham
na estação de mais luxúrias,
faunos e fúrias,

adivinhos e farristas
malabaristas,
as medusas e outras fadas
confabuladas
fabulavam suas fortunas
no rol das runas,
nos obis e nos ikins.
Tupiniquins,
kariris e karajás,
tupinambás,
guaranis, apinajés
kamaiurás,
ariranhas e jiboias,
priscos pajés,
dissidentes dos tamoios,
vinham zarpar
nas encostas sem patrulhas.
Peixes-agulhas,
percussivas patativas,
imperativas
caninanas e a terrena
surucucu
com cidadania plena
desembarcaram

por primeira vez em solo.
E era o furdunço
e o festejo e era a selva
sempre tremenda,
sempre com furor e dolo
por sobre a relva
sem réu, prenhe de oferenda.
Nenhum jagunço,
nenhum magistrado ou pajem
nenhum servente,
nem senhores, nem alferes.
Toda a roupagem
era a pele dessa gente:
homens, mulheres
nas verdades de suas carnes.

II — Os carteiros-navegantes

Atravessei o mar a nado
Por cima de dois barril
Eu vinha ver a juremeira
E os caboclos do Brasil
(ZUELA DE CABOCLO)

Soaram alarmes
nos rincões do paraíso,
rompeu granizo
sobre os céus altiplanares,
nossos altares
conheceram a fissura
numa quentura
de cindir crostas polares.
Por acidente
nesta austral envergadura
tão de repente
existiram as colheitas
e as maleitas
e as fogueiras e as senzalas
e as mentiras.
Nos furtivos inventários,
puras opalas,
antiquíssimas safiras,

a turmalina
e outros tórridos minérios
fizeram fama
quando a lama se fez sina.
Vasco da Gama
e as gamas de batedores
lusos corsários
falangeiros dos impérios,
nos estertores
dos mares enlouqueciam.
Monstros marinhos
nas entrâncias dos Abrolhos
acometiam
tais carteiros-viajantes
sobre os escolhos
de flutuantes armarinhos.
Vós, navegantes,
cruzam órbitas tamanhas
em caramujos
a entreter quais artimanhas?
Quais as missivas,
que morosos telegramas?
Quais tratativas,
quais negócios, quais programas?

Nós, os marujos,
só de sol engalanados,
a amplos nados
sobre dois barris viemos.
A Portugal
nos tributos lacrimosos
de puro sal
nunca nos reconhecemos.
Vós, se conduzem,
por quais vias se debatem?
E se combatem,
sobre quem vitoriosos?
Só vos seduzem
os pistões de artilharia
e cruas bandeiras
de abandeirados lordes.
Nossos acordes
são a voz das lavadeiras
e das sereias
que inspiram galhardia
e más ideias
antes que desponte a aurora.
Nossos saveiros
são de junco e de totora,

nossas galés
são de ventos cirandeiros.
Nenhum pedágio
instauramos ou colhemos,
nunca presságio
evitamos ou tememos.
Nossas marés
são repuxo e correnteza
e a certeza
do favor de Janaína
é o que nos basta.
Nossa arte não se aprende
e nem se ensina,
é uma rede que se estende
e nos arrasta.
Entre o pouso do Martim,
rei entre as aves,
e o cismar dos mergulhões,
viver assim:
só o serviço das monções
e nuas naves
na vertigem do oceano.

III — Um boiadeiro

Colina, colina de um bom vaqueiro
Em volta de um tabuleiro
Eu venho vaquejando meu gado
A minha família inteira
Ó meu boi, minha boiada
Ó meu boi
Ele é um sertanejo

(ZUELA DE CABOCLO BOIADEIRO)

Faz mais de ano
que não miro essa colina.
Colinahialina
a que chamei meu paradeiro,
desavistada
de qualquer outra retina.
Um bom vaqueiro
não tem pouso nem rotina,
nem tem lembrança
fora da cavalgadura.
"Ninguém se cura
de um destino de estribeira"
disse a parteira
que me trouxe nessa ânsia
de montaria

numa família de gado.
O mais é o enfado
que consome o casario
de eternite
ou de zinco a contragosto.
O mais é o dia
todo pleno e descomposto
e o despalpite
dos moinhos de outro engenho.
O mais é o lenho
chamuscado da caatinga
e o desvario
todo impresso sobre o rosto.
O mais é assombro,
posse, prece, prumo e peste
e a tabatinga
toda acesa nesse agreste.
Foi a poeira
meu oráculo tardio
que não renego
e por toda parte o escombro
e a ribanceira
até onde alcançam as vistas.
Sertão bravio,

território do escorrego
e do vão livre,
patriarca da distância.
De itinerância
ofereço minha palavra
melhor que a lavra
de qualquer dos avalistas.
Eu que não tive
manjedoura nem fazenda,
nem rês, nem renda,
que jamais soube de escola
ou preletores
dou boa noite, meus senhores,
minha senhora,
dê licença ao meu versejo.
Verso (b)errante
erra por pasto e campina
erra na rima,
erra à toa, erremboscada.
Não tenho idade
para ser um bandeirante
e nem ensejo
outras vocações de guerra.
Não quis enxada

para reganhar a terra,
nem quis compasso
para rematar cidade,
gibão e laço,
chapéu de couro e capanga,
são minha alfândega
e serão o meu regaço.

IV — Sultão das Matas

Eu sou sultão eu sou bravo
Eu sou valente sou malcriado
Eu sou sultão eu sou sultão
Na ponta da minha lança não conheço valentão
(ZUELA DE CABOCLO SULTÃO DAS MATAS)

A última pândega
proclamamos de surpresa
entre os tapuias
quando em franca desavença
os anhangueras
desataram sua empresa.
Na hora infensa,
prolegômeno das eras
sobre esta mesa
dispusemos ébrias cuias
brindando às feras
nossas mães intimoratas.
Sultão das Matas
gemeu no cume das serras
ante o destrato
de sinais ultramarinos.
Num sultanato
de amazônicas bacias

e mezaninos,
tropicais geografias,
seu nome ecoa
em bramido, em assovio
pela floresta
e entre as frotas de navio
contracorrente
até o porto de Lisboa.
Sultão protesta,
quer lutar por nossa gente,
traz a serpente,
companheira de batalha,
rasga a mortalha
do Jurupari dos mitos,
faz aliança
com canários, periquitos,
tem liderança
sobre onças e tucanos.
Ante os decanos
dos gentios e cariris
faz armistício
entre tribos inimigas.
Sultão parente
de corais e xapiris,

Sultão coberto
de muiraquitãs e figas,
forma opulente
contra o fundo das montanhas,
canta sassanhas
pajelando a própria flecha:
Sultão não deixa
nenhum totem sem louvores.
Sobre os doutores
e os fantasmas de calcário
e o disparate
de maquinaria e proa,
incendiário
seu afã último se abate.
O brado atordoa
cada boca de trabuco,
a cada eunuco,
cada fila de soldado,
obradobrado
se esparrama nas esquinas
irrompe em Minas
antes que Minas ocorra.
Sultão rasura
os registros dos forais,

os generais,
donatários, ouvidores,
aduaneiros,
emissários e feitores.
Sob o tropel
de berrantes boiadeiros,
sobre o batel
de marujos de água doce,
Sultão dá posse
aos caboclos desta aldeia.
Sultão guerreia
com raízes, rouxinóis,
com feiticeiros,
caruanas, arapucas,
Sultão vigora
entre as leis de fauna e flora,
rende caducas
as embarcações reinóis.
A ver navios,
portugueses, espanhóis,
cartaginenses,
gregos, norte-americanos,
os vienenses,
russos de curtos pavios,

italianos,
onomásticos franceses,
serious ingleses,
alemães em desmedida,
os castelhanos,
belgas, turcos-otomanos,
povos do norte,
da nação desexistida
na mesma sorte
se irmanaram da derrota
na mesma rota
se lançaram da partida.

CADERNO DE IMAGENS

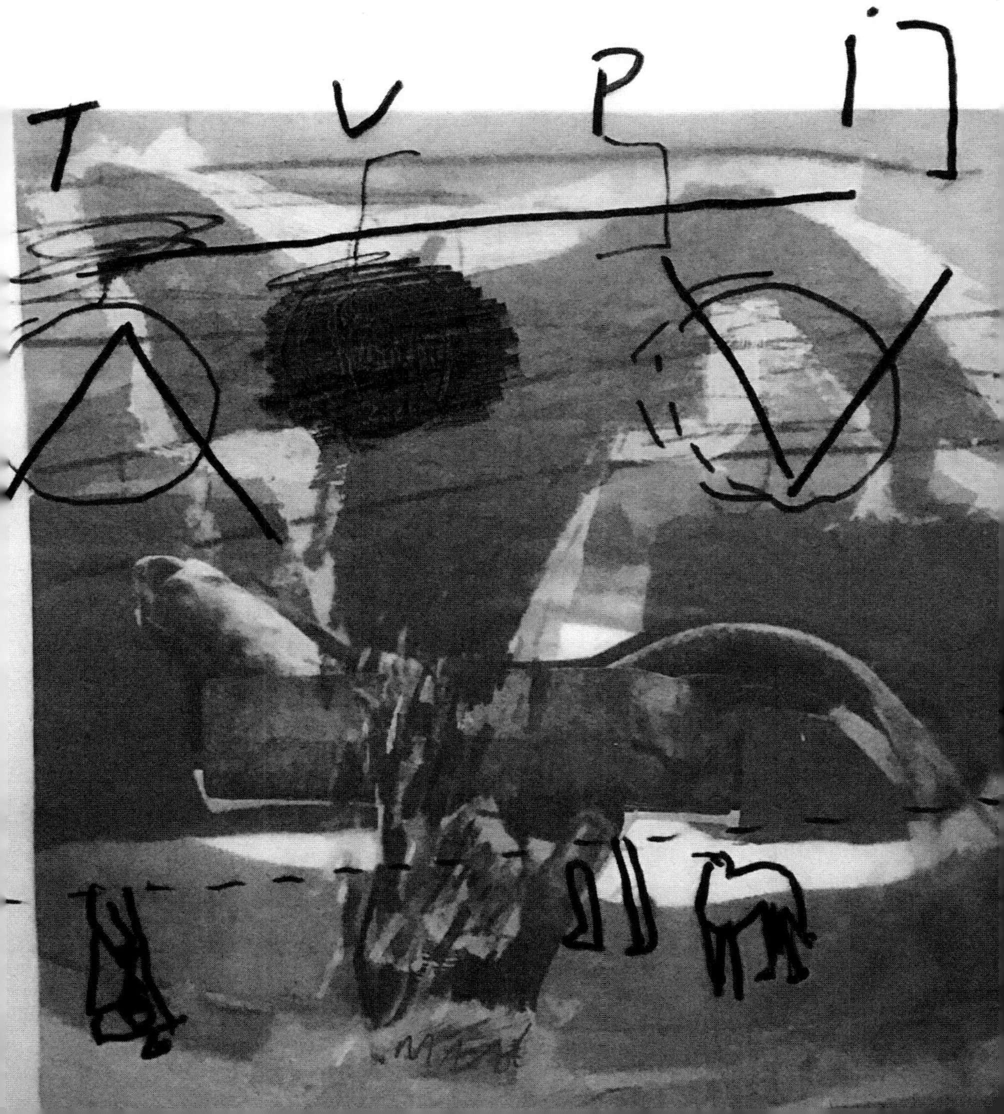

Vazar —

MEDUSA

*   *
*

nelson sebastião

Artista, educador e pesquisador formado em Artes Visuais (FAP/UNESPAR) e pós-graduado em Educação: História e Cultura Africana e Afrobrasileira (UNIASSELVI).

Trabalha investigando os limites e as relações possíveis entre fotografia, escrita, desenho e pintura. Sua produção reflete sobre os processos criativos e artísticos das festas e manifestações da religiosidade popular e sobre as múltiplas manifestações da arte brasileira de matrizes indígenas e africanas no mundo contemporâneo.

Atua como professor na rede pública de ensino, na formação de professores em arte no Centro de Artes Guido Viaro e coordena projetos socioculturais de arte e educação em Curitiba e região metropolitana.

Além de exposições individuais, participou da coletiva Corpo e Alma dos Terreiros, em 2014, na Caixa Cultural de Brasília, e do 66º Salão Paranaense, realizado pelo Museu de Arte Contemporânea do Paraná (MAC/PR) no Museu Oscar Niemeyer (MON) em 2017.

Recebeu, em 2011 e 2012, o Prêmio Orirerê — Cabeças Iluminadas (Centro Cultural Humaitá e Assembleia Legislativa do Paraná) e em 2015 o Prêmio Arte e Cultura (Câmara Municipal de Curitiba).

■ primeira edição
■ outubro de 2022